ブタさんのアップルパイ

作・絵　はまうち　ようこ

文芸社

目　次

栗のパウンドケーキ

おひさまがすこし西へかたむきました。木の間から斜《なな》めにもれてくる光は、まだまだ強いのですが、きらきらと透明《とうめい》で、風もここちよく、森は秋の気配です。

昨日、リスのこどもたちが持ってきてくれた、今年初めての栗《くり》をいっぱい入れて、ブタさんは、パウンドケーキを焼きました。

いいにおいがあたりにただよいます。

ブタさんは鼻歌を歌いだしました。お菓子《かし》がいいぐあいにできあがってくると、いつも、自分でも気づかないうちに歌っているのです。

「きっと、とってもおいしいよ。

だれか来ないかなあ。」

ケーキを切りながら、ブタさんがそう思っていると、ちょうどカケスさんが飛んできました。

「こんにちは、ブタさん。いいにおいだね。」

「こんにちは、カケスさん。ちょうどよかった。焼きたてをどうぞ。」

「ありがとう。すこしでいいよ。あたしは鳥だからね、いつも体を軽くしとかなきゃいけないんだ。」

ブタさんはカケスさんのためにケーキを小さく切り分けて、紅茶《こうちゃ》をいれてあげました。

「やあ、これはおいしいケーキだ。ブタさん、食べてみなさいよ。」

と、カケスさんが言ってくれるものですから、じつは食べたいのをがまんしていたブタさん、カケスさんのために切り分けた残りを、味見に食べてみましたら、まあ、すばらしい出来です。

ブタさんはうっとりと、口のなかから鼻に抜《ぬ》ける、栗《くり》の香《かお》りを味わいました。

「そうだブタさん、忘《わす》れないうちに言っておかなきゃ。お知らせがあるんだよ。」

「お知らせ。なんでしょう。」

「ほら、アライグマさんを知ってるでしょう。広場の北側の、野バラの茂《しげ》みの。」

「はい。」

アライグマさんは、野バラの茂《しげ》みのなかの小さな家に、奥《おく》さんと住んでいます。昔、森の学校の校長先生をしていたこともある、と、聞いたことがあります。もうかなりのお年寄《としよ》りです。特別に仲が良いわけでもないのですが、会えばあいさつしたり、お話ししたりする仲です。

「そのアライグマさんがね、今、森の病院に入院してるんだよ。なんでも、前にかかった病気が、またぶりかえしたようなことらしいけどね。」

「まあそうだったの。知らなかった。」

「そうでしょう、ブタさんはのんびりしてるから、あたしが言ってあげないと、知らないままでいると思ってね。」

「ほんとにそうだわ。」

ブタさんは赤くなりました。ブタさんはなんというか、そういう、情報《じょうほう》にうといところがあるのです。

「知らないままアライグマさん、退院《たいいん》してしまうところだったわ。ありがとうカケスさん。」

「あははは。ブタさんののんびりさ加減《かげん》だったら、そんなこともありうるだろう

ね。世の中は変化してるんだからね、ぼんやりしてちゃだめだよ。」

　ブタさんはますます赤くなって、小さな声で「はい。」と言いました。

「さあ、じゃああたしはもう行こうかな。ケーキおいしかったよ。ごちそうさま。またなにかあったらついでに知らせてあげるよ。」

「よろしくお願いします。」

　ばさばさ。カケスさんは飛んでいきました。

　カケスさんの飛んでいく姿《すがた》を見送りながら、ブタさんは、しばらくぼんやりしていました。

　そそくさとケーキを食べ、紅茶《こうちゃ》を飲み、くちばしを手早く拭《ふ》きあげ、早口でまくしたてて、その合間に羽づくろいまでしていたカケスさん。その姿《すがた》を思い出すと、あまりのせわしなさに、ぼうっとしてしまいます……。

あっと、いけない。今そのカケスさんに言われたばかりじゃないですか。ぼんやりなんてしてちゃいけないんです。

「ええと。片《かた》づけでもしようかな。……あら。」

気がつくと、カケスさんの飛び立ったあとに、なにか落ちています。

「あら。」

カケスさんのうんちです。

飛び立つときに、いきんだのでしょうか。カケスさんが言ってたように、鳥たちは、いつも体を軽くしておかなければならないので、しょっちゅううんちをするのです。

「あらあらたいへん。」

鳥たちには、あまり自覚がないのかもしれません。ほかの動物たちのうんちにくらべて、それほど汚《きたな》いとも思いません。けど、やっぱり、うんちはうんちです。玄関先《げんかんさき》なので、いそいで掃除《そうじ》しようと、ぞうきんをとってきて、拭《ふ》きはじめたところへ、オオカミさんが通りかかりました。

「こんにちは、ブタさん。なにしてんだい。」

オオカミさんはとても声が大きいのです。ブタさんはびっくりして跳《と》びあがりました。

「ああびっくりした。こんにちは、オオカミさん。いいえなんでもないのよ。」

「なんでもないって、そりゃアレだろう。うんちだろう。」

大きな声で、ブタさんのおうちの窓《まど》がびりびりとふるえます。

「さっきカケスの野郎《やろう》が飛んでくのを見かけたよ。あいつだろ。ひとんちの玄関先《げんかんさき》を汚《よご》して、あんたに掃除《そうじ》させて、いいい

気なもんじゃないか。ひとこと言ってやろうか？　え？　俺《おれ》が言ってやろうか？」

ブタさんはあわてました。

「いいえ、いいの、オオカミさん。なにも言わないで。」

「なあんでさ。カケスの野郎《やろう》なんて、いつも自分の言いたいことだけ言って、さっさとどっか飛んでっちまいやがって。こっちが言ってやんなきゃわかんないぜ。」

ブタさんは困《こま》りました。ちょっとこっそり心のなかに思ってたことを、オオカミさんに言い当てられたような気がして、どぎまぎして赤くなりました。

たしかにオオカミさんの言うのも当たっているのです。でも、カケスさんは、いろんなお知らせを届《とど》けてくれる、ありがたいお友達ですし、わざわざ恥《はじ》をかかせるようなことを言って、気を悪くさせたくありません。

「ほんとにいいの。ほらもうきれいになったし。ね。」

「そうかい。ブタさんがそんな気ならいいけどな。なんかあったらすぐに言いなよ。」

家がびりびりふるえて、壁《かべ》にかけてあった絵が落ちてきました。

「ありがとう。なにかあったらきっとお願いするわ。それよりオオカミさん、ケーキをどう？」

「やあ、いいにおいがすると思った。」

そう言ったかと思うと、にゅっと手をつきだして、ケーキを一切れとり、ぺろりとひとくちで食べてしまいました。お茶をいれるひまもありません。

「おいしかったよ、ごちそうさま。」

今度はテーブルの上のいちりんざしが倒《たお》れました。

「じゃあな、ブタさん。なにかあったら言うんだぜ。」

「ありがとう。そのときはよろしくね。」

オオカミさんはのしのし歩いて行ってしまいました。ブタさんはいちりんざしを立てなおし、こぼれた水を拭《ふ》きました。落ちてしまった絵をひろい、ついでなのでほこりを拭《ふ》いて、壁《かべ》にきちんとかけなおしました。大きな手でケーキをつかんで、大きな口にほうりこんでいたオオカミさん。その大きな声のせいで、赤ちゃんのいるおうちなどでは、嫌《きら》われてしまったりもするオオカミさんなのですが、「なんでも言いなよ」と言ってくれるように、困《こま》ったときには頼《たよ》りになるひとなのです。

「ブーターさあん。」

にぎやかな声がして、壁《かべ》の絵を見ながらぼんやりしていたブタさんは、われに返りました。あら。今度のお客さまは、リスのこどもたちです。しょっちゅう学校帰りに寄《よ》るのです。ランドセルや肩掛《かたか》けなど、思い思いのかばんをしょって、木の柵《さく》によじのぼって、きらきらした十の瞳《ひとみ》がブタさんを見つめています。


「あらおかえり。昨日は栗《くり》をありがとう。

その栗《くり》でね、今日ね、」

「いいにおいがする。」

「いいにおいがする。」

「いいにおいがするよ。」

「だからね、その栗《くり》でね、」

「ケーキだ。」

「ケーキだ。」

もうなにも聞いていません。きゃあーと声をあげて、テーブルを取り囲みます。

「おいしそう。」

「おいしそう。」

「食べていい？」

「いいわよ。でも手を洗《あら》ってからね。」

はあい、と、みんなでよいお返事をして、そろって手を洗《あら》いにいきました。


さあそれからブタさんは大忙《おおいそが》しです。五枚《まい》のお皿に五つのコップ。みんなにケーキを一切れずつ取り分けてやり、カシスのジュースをついでやります。子リスたちは、おかあさんのしつけがゆきとどいていて、お行儀《ぎょうぎ》はよいのですが、なんといってもこどもなものですから、だれそれのケーキのほうが大きいの、栗《くり》が多いの少ないのと、まあたいへんな騒《さわ》ぎです。それでもなんとか、

「ごちそうさまあ。」

「ごちそうさまあ。」

「おいしかったよ。」

「とってもおいしかったよ。」

「超《ちょう》おいしかったよ。」

と、みんなで手を振《ふ》りながら帰っていきました。

ブタさんは、ほうと息をつきました。やれやれ。でもかわいいこどもたちです。ブタさんはみんなが大好きだし、みんなもブタさんが大好きなのです。

リスのこどもたちは、ブタさんのおうちの近くのブナの木に、おかあさんと住

んでいます。

おとうさんは、子リスたちが生まれてすぐに、行方不明《ゆくえふめい》になってしまいました。にんげんのつれてきた犬に襲《おそ》われたらしいのですが、ほんとうのところはわかりません。

リスのおかあさんは、それはそれはいっしょうけんめい子育てをしていました。今は、みんな学校に通うようになり、すこし楽になったようです。秋がもっと深まって、風が冷たく感じられるころ、子リスたちは学校を卒業して、独り立《ひとだ》ちします。でも、さっき大騒《おおさわ》ぎしていたように、まだまだこどもっぽくて、元気がありあまっていて、たいへんです。

ブタさんは、まじめなリスのおかあさんのことが大好きで、なにか手助けしたいなと思うのですが、うまくその気持ちを伝えられません。でも、顔を合わせると、いつもにこにこしてくれて、こどもたちにお菓子《かし》をあげたりしてることのお礼を言ってくれるので、そのたびに、うれしい気持ちになるのでした。

ブタさんは、そんなことを思い出しながら、あと片《かた》づけにせいを出しました。ケーキが一切れだけ残っています。ボウルを洗《あら》い、ケーキ型を洗《あら》い、リスのこどもたちのつかったコップやお皿を洗《あら》い、オーブンとテーブルを拭《ふ》きあげたら……、紅茶《こうちゃ》をいれて、ひとりの静かなお茶の時間です。わあ。楽しみです。

さっきカケスさんにあげた残りを食べたときの、ケーキが口の中でとけていく感触《かんしょく》、そして、あとに残った栗《くり》のかけらをかみしめた瞬間《しゅんかん》に、鼻に抜《ぬ》けていった、ほっくりした香《かお》り。思い出したらもう、口の中がつばきでいっぱいです。いそいで片《かた》づけなくちゃ。ブタさんは、コップを順番に洗《あら》っていきました。小鳥さんの絵のついたコップ、クマさんの絵のついたコップ、ウサギさんの絵のついたコップ……。ん？　ウサギさん？

そういえば。

じつは、ブタさんの近所に、しばらく前に、ウサギさんが越《こ》してきたのです。

でも、お話ししたことが、まだないのです。ブタさんは、それがずっと気にかかっていたのでした。

ウサギさんからの引越《ひっこ》しのごあいさつは、ありませんでした。森の集会で、会長のクマさんが、ウサギさんをみんなに紹介《しょうかい》したときに、初めてご近所さんだと知ったのです。

ウサギさんは、森の集会にはまじめに出てくるのですが、終わるといつも、すぐに帰ってしまって、話しかける隙《すき》がないのです。たぶん、だれともお話ししたことはないと思います。

そんなだから、ひとづきあいが嫌《きら》いなのかもしれないし、話しかけても、あとが続かないかもしれないし、ブタさんだって、それほどひとづきあいが上手ではないし、こちらからご機嫌《きげん》をうかがわなきゃいけないことも、ないと思うし………。

でも、ブタさんは、ケーキをきれいなナフキンにつつんで、紙袋《かみぶくろ》に入れました。そしてカードを書きました。

そしてウサギさんのおうちに行って、郵便受《ゆうびんう》けにそっと入れておきました。顔を合わせて渡《わた》すのは恥《は》ずかしかったのです。

雨の日のコーヒーゼリー

次の日は、雨が降《ふ》っていました。こまかい、霧《きり》のような雨です。ブタさんはなんとなく思いついて、コーヒーゼリーをつくりました。

「コーヒーゼリーがぴったりだよね、こんな日は。」

コーヒーゼリーもときどきつくるのですが、ブタさんはおおらかというか、おおざっぱというか、コーヒーや砂糖《さとう》やゼラチンの量をメモしたりしないものですから、いつも、ちょっと苦かったり、ちょっと固かったり、いまひとつの仕上がりなことが多いのです。

でも、今日はとっても上手にできました。

甘《あま》みも苦みもちょうどいいんです。ちゃんとコーヒーの香《かお》りがします。スプーンでつつくとぷるぷるふるえます。

「じょうずにできたあ。」

ブタさんは鼻歌を歌いだしました。ゼリーののったテーブルのまわりをくるくるまわって、いろんな角度からながめました。きらきらひかる、黒い宝石《ほうせき》みたいです。ブタさんは、こんなに上手にできたコーヒーゼリーを、ひとりでぜんぶ食べてしまうのが、惜《お》しい気がしました。

「そうだ。キツネさんに持っていってあげよう。」

キツネさんというのは、しゃれた家にひとりで住んでいる、上品なひとです。

ブタさんのなかでは、「ちょっとレベルの高いひと」なのです。知的な、黒目がちの瞳《ひとみ》が、上出来のコーヒーゼリーのイメージにぴったりな気がしたのです。

キツネさんのおうちは川のすぐ向こう側に見えているのですが、橋が遠いので、そこまで行くには時間がかかります。やわらかいコーヒーゼリーを持っていくのは、たいへんかもしれません。

でも、ブタさんは、器に入ったコーヒーゼリーをふたつ、箱に入れました。ゼリーが横にすべったり、倒《たお》れたりしないように、つめものをしました。それから、紙の箱が、雨にぬれて、くずれてしまわないように、ビニールでつつみました。そうして自分もカッパを着て、家を出ました。

コーヒーゼリーの箱を両手でささげ持って、すべったり、つまずいたりしないように、ブタさんは気をつけて歩いていきました。

しとしと降《ふ》る雨をながめながら、知的でおしゃれなキツネさんと、宝石みたいなコーヒーゼリーを食べるなんて、素敵《すてき》じゃないですか。ブタさんは、もうそれが楽しみで楽しみで、どんどん歩いていきました。

キツネさんのおうちは、いつもとってもきれいにしてあります。玄関《げんかん》の敷石《しきいし》にしずくをぽたぽた落とすのが気になって、ブタさんは手前でカッパを脱《ぬ》いで、目立たないところに置きました。

呼《よ》び鈴《りん》を押《お》すと、キツネさんが出てきました。

「あらブタさん、どうしたの？」

「こんにちは、キツネさん。コーヒーゼリーをつくったので持ってきたの。いっしょに食べましょう。」

「コーヒーゼリー？」

「ええ。コーヒーゼリーはきらいだった？」

「いいえ、きらいじゃないけど……。まあとにかく中へどうぞ。」

ふたりでキッチンに入りました。まあキツネさんのキッチンのきれいなこと。壁《かべ》も床《ゆか》もぴかぴか、水廻《みずまわ》りも火元もきれいに磨《みが》いてあります。

でも、キツネさんはなんだか様子が変なのです。

テーブルについて、コーヒーゼリーを食べながら、キッチンのきれいなことをほめても、キツネさんの毛づやが、いつもながら、すばらしく輝《かがや》いていることをほめても、家の周りに針葉樹《しんようじゅ》が多いけれど、花粉症《かふんしょう》などはだいじょうぶか訊《たず》ねても、キツネさんは軽くうなずくだけです。あきらかに、なにかが気に入らないのです。


「どうしたのキツネさん？　どこか痛《いた》いの？」

ブタさんは訊《き》いてみました。

「いいえ、痛《いた》いところなんてないですよ。」

キツネさんは答えました。でもブタさんの顔を見ようとはしません。

「ゼリー、お口に合わなかった？」

「いいえ、とってもおいしいコーヒーゼリーだったわ。」

これはほんとうのようです。キツネさんは顔をあげて、ブタさんと目を合わせました。

「なにかあったの?」

「…………。」

キツネさんは答えません。

ブタさんは困《こま》ってしまいました。


じつは、キツネさんは、ちょっとすねているのでした。

しばらく前に、ブタさんが、イタチさんにチーズケーキをプレゼントしたという話を、だれかから聞いたのでした。どういういきさつでかは、聞かなかったのか、聞いたけど忘《わす》れてしまったのか、思い出せませんでしたけど、なんとなくそのことが心にひっかかっていたのでした。

イタチさんというのは、キツネさんにとって、いまひとつそりが合わないというか、話がかみ合わないというか、仲良くなれないのですが、それでいてなにかしら気にかかってしかたのない存在《そんざい》なのです。ライバルとでもいうんでしょうか。

いつもせすじをのばして、伏《ふ》し目《め》がちにして、そうして、口もとにうすく笑《え》みをうかべているイタチさん。なにかおかしがたい雰囲気《ふんいき》が、イタチさんのまわりにはただよっています。でも、そんなふうでいながら、こちらを目の隅《すみ》にとらえて、鼻でわらっているような……。キツネさんは、ときどき、そんな気がしてしまうのです。ときどき、むしょうにイタチさんのことがにくたらしくなってしまうのです。

そんなイタチさんにチーズケーキで、自分には、コーヒーゼリー？

チーズケーキとコーヒーゼリーでは、なんとなく、材料や、つくる手間が、チーズケーキのほうが上のような気がします。なんとなくですが、イタチさんと自分との間に、差をつけられたような気がしてしまったのです。

玄関《げんかん》のドアをあけたらブタさんが立っていて、コーヒーゼリーを持ってきたと言うのを聞いて、一瞬《いっしゅん》そう思ってしまって、そんな顔をしてしまったのが、今さら変えられなくなってしまっているのでした。

もちろんブタさんは、キツネさんとイタチさんが、そんな微妙《びみょう》な間柄《あいだがら》なのは知らないでしょうし、チーズケーキをあげたことが、この場に関係しているなんてことは思いもよらないでしょうし、そもそも、チーズケーキをあげたのが、ほんとうの話かどうかも怪《あや》しいのです。

キツネさんだってそんなことはわかっているのです。自分の思っていることを言葉にしたら、とんでもない言いがかりになってしまうことも、よおくわかって

いるので、ブタさんに、
「どうしたの？」なんて訊《き》かれて、キツネさんのほうこそ困《こま》ってしまっているのでした。

キツネさんが、不機嫌《ふきげん》な顔をしてだまりこんでしまって、ブタさんは、途方《とほう》にくれてしまいました。キツネさんののってきそうな話題も思いつきません。もう帰ろうかと思いましたが、ふと、あることを思いだして言いました。

「そうだキツネさん。去年は、ぜいきんのしんこくをてつだってくれて、ほんとうにありがとう。」

「え？」

そうなのです。森に住んでいる動物たちには、税金《ぜいきん》を申告《しんこく》して、支払《しはら》うという義務《ぎむ》があるのです。

申告《しんこく》というのは、自分の税金《ぜいきん》がいくらなのか計算して、届け出ることです。

税金《ぜいきん》は、森に住んでいるものたちで助け合って生きていくために必要なものです。

ブタさんもそれに異議《いぎ》をとなえるつもりはまったくないのですが、自分がいったいいくら支払《しはら》えばいいのか、計算することができないのです。自分の食べる量を、かんたんな計算式にのせて、森にあるものにどれだけお世話になっているかを数字にだして、その数字に応《おう》じてお金を払《はら》ったり、お金のないひとは、草刈《くさか》りなどの勤労奉仕《きんろうほうし》に出たりするのです。

ブタさんは、去年が、初めて税金《ぜいきん》を支払《しはら》う年だったのですが、その計算がどうしてもできなくて、キツネさんにほとんどやってもらったのでした。キツネさんはそんなこと忘《わす》れていましたし、だいいち、ブタさんとは、そのときから何度も顔を合わせているし、今、あらためてお礼を言われて、きょとんとしてしまいました。

「あのときは、ほんとうに助かったわ。ありがとう。」

「ああ……。いいえ、いいのよそんなこと。」

「今年はなんとかがんばってみるけど……、またわからなかったら……、教えてもらえる?」

ブタさんはおそるおそる訊《き》きました。

キツネさんは、なんだかとてもほっとしてしまいました。

「ええ。ええ、いいわよ。あんなことでよければ、またお手伝いするわ。いつでも言って。」

ブタさんも、ほっとしてしまって、思わずまっすぐキツネさんの顔を見ました。

「不機嫌《ふきげん》な顔してしまって、ごめんなさいね。ほんとうに、なんでもないのよ。気にしないでね。」

「ほんとうに？」

「ええ。コーヒーゼリーおいしかったわ。ごちそうさま。」

キツネさんはにっこり笑いました。あやまることができてよかった、と、心から思いました。ほっとして、キツネさん自身も気づかないうちに、とてもやさしい顔をしていました。それでブタさんも安心して、にっこり笑いました。そうしてキツネさんの家をあとにしました。

雨は小やみになっていました。ブタさんは、カッパをふたつにたたんで、手に持って歩いていきました。

帰る途中《とちゅう》で、イタチさんを見かけました。川べりに咲《さ》いた、コスモスの群《む》れのわきを歩いています。まさにさきほどキツネさんの心を騒《さわ》がせた、そのイタチさんです。

ブタさんは思い出しました。

すこし前、リスのこどもたちといっしょにチーズケーキを食べていたとき、イタチさんが通りかかったので、お茶にさそってみたことがあるのです。イタチさんはえんりょしたのか、こどもたちのいきおいに気《け》おされたのか、入ってこようとしませんでしたので、ケーキを紙につつんで渡《わた》してあげました。「ありがとう」

と、にっこりしたときのイタチさんには、リスのこどもたちも見とれていたものです。

イタチさんは、きれいなひとです。ですがそれだけでない、独特《どくとく》の雰囲気《ふんいき》があります。森の集会にイタチさんがくると、まわりの空気が変わります。なんとなく皆《みな》、ちらちらとイタチさんを見ます。

雰囲気《ふんいき》というのは、ふしぎです。きれいなだけなら、キツネさんだってきれいです。

じつは、イタチさんのもっている、ものしずかだけれど、つめたいわけではなく、ミス

テリアスで、ひとをひきつける雰囲気《ふんいき》は、キツネさんの求めてやまないものなのです。しかし、残念なことに、ひとのもっている雰囲《ふんい》気《き》は、自分の身にはつけられません。

キツネさん自身は気づいていませんが、イタチさんは、キツネさんの理想とする存在《そんざい》なのです。しかし、理想が、すぐ近くにいる、というのは、どうなのでしょう。自分の求めているものが、手に入らないままに、自分の目のとどくところで、そうありたいというかたちで、まわりをひきつけ、賞賛《しょうさん》やねたみを浴び、しかも、自分をまったくかえりみていないのです。イタチさんのほうはキツネさん

のことを、ライバルとしてみているわけではなさそうです。

もし、イタチさんが、もっと遠い存在《そんざい》であったら、キツネさんは、イタチさんにたいして、〝憧《あこが》れ〟というかたちの、好意を持てたかもしれません。でも、距《きょ》離《り》が、近すぎました。それだけのことで、おなじひとの、おなじひとにたいする気持ちが、まったくちがうものになってしまうのです。


それはともかく、ブタさんは、コスモスのあいだに見え隠《かく》れするイタチさんに、ただ見とれていました。きれいだなあイタチさん。そういえばチーズケーキを渡《わた》したとき、リスのこどもたちのひとりが、とつぜん、

「イタチさんってチーズケーキみたい」

と言いました。

とうとつだったので、ブタさんがすぐにものが言えずにいると、

「あらそう？　毛の色が、ケーキの焼き色に似《に》てるかもね」

と、イタチさん。そしたら……。

「うん、やわらかくて、にっこりしてるところも」

「やわらかくて、にっこり……?」

すると、べつのこどもが大きな声で、

「ばーか。ケーキがにっこりしてんのかよー!」

と、はやしたて、笑うやら恥《は》ずかしがるやら、ひとしきり大騒《おおさわ》ぎになったのでした。

そのときの様子を思いだして、ブタさんは、

「うふふ。」

と笑いました。そうして家に帰りました。

自由のはなしと杏仁豆腐

次の日は、とてもよいお天気でした。ブタさんは、アライグマさんのお見舞《みま》いに行くことにしました。なにか持っていくのに、迷《まよ》いました。ブタさんの得意とするところの、手作りのお菓子《かし》を持っていってあげたいのですが、病気によくないといけません。

悩《なや》んで悩《なや》んで、やっと、

「杏仁豆腐《あんにんどうふ》にしよう。だめなら持って帰ってくればいいや。」

と決めました。

病院は薬のにおいがします。それから、なにか、乾《かわ》いた垢《あか》のようなにおいもします。ほかにもなにかにおう気がしますが、いずれにせよブタさんの好きなにおいではありません。

今日は、最初から持ち運びを考えて、フタつきの容器《ようき》でこしらえましたので、昨日のコーヒーゼリーより楽に杏仁豆腐《あんにんどうふ》を持ってこられました。

アライグマさんの部屋のドアは、大きく開けてありました。看護師《かんごし》さんとなにか話しているようです。近づくにつれ、声が聞こえてきました。

「きみは彼氏《かれし》はいるの？　そう。いいねえ若《わか》いひとたちは。あのね、ひとついいかな。

あのね、〝愛〟と、〝欲《よく》〟をまちがえちゃいけないよ。愛してほしい、かまってほしい、自分を想ってほしい、手紙がほしい、話しかけてほしい、こう思う気持ちは、愛じゃなくて、欲《よく》だからね。ほら。漢字で書くと、〝欲《ほ》しい〟は、欲《よく》という字でしょう。相手に対する愛じゃなくて、自分に対する愛なんだよね。

でもむずかしいね。相手に必要とされることも、必要だからね。ダジャレじゃないんだけどね、あははは。」

ひとりで笑っています。若《わか》いネコの娘《むすめ》さんの看護師《かんごし》さんは、てきとうに返事をしながら、てきぱきと仕事を片づけています。

ああ、そうだった。アライグマさんてこういう感じのひとだった。ブタさんは思いました。そうなのです。アライグマさんは、なんというか、答えの出ないようなむずかしいことを言いだしては、相手にうざったがられてしまうのです。

看護師《かんごし》さんが、ブタさんに気づきました。アライグマさんも気がつきました。

「おや、ブタさん。お見舞《みま》いにきてくれたの？　ありがとう。へえ、杏仁豆腐《あんにんどうふ》？おいしそうだね。え？　平気平気。それほど食餌制限《しょくじせいげん》はないよ。いただくよ。しかしなんだね、病院てのは、どうなのかね。寿命《じゅみょう》だと思えばあきらめられるものを、やっぱり、まだ生きられるものなら、生きたいと思ってしまうね。きりがないね。」

ブタさんは困《こま》りました。なんと答えたらいいのでしょう。

ネコの看護師《かんごし》さんは、尻尾《しっぽ》をひとふりして、行ってしまいました。

アライグマさんは、にこにこしたまま続けました。

「死ぬときは、もっとおとなになんだろうと思ってたよ。年をとるたびに、おとなになっていって、死ぬことを目の前にするような歳《とし》になったなら、きっと、なんでもわかってて、死ぬことにも納得《なっとく》できてて、なにごとにも動じないような、かんぺきなおとななんだろうって思ってたよ。

ところがそうじゃないんだなあ。ぜんぜんそうじゃない。僕《ぼく》なんか校長先生なんて呼《よ》ばれて、自分でも、自分は校長先生なんだなんて思って、そんなつもりでいたけど、こんなふうに、ねまきを着て、ベッドに寝《ね》てたら、先生でもないし、おとなでもない。手術《しゅじゅつ》はこわいし、痛《いた》いのはいやだし、かなしいとかさみしいとか思ったりする心は、ちいさいときとおなじだよ。

でも、なんだか、こうやってしゃべればしゃべるほど、ちがってきてしまうよ。愚痴《ぐち》を言いたいんじゃないんだ。かなしいとかさみしいとかでもないんだ。言葉にすればするほど、思っていることや、伝えたいことから、離《はな》れていってしまう気がするよ。不自由なもんだね、言葉なんて。」

アライグマさんは話しながら、だんだん、遠くを見るような目になってきました。さっきからブタさんは、なにか言ってあげたい気がしているのです

が、なにを言っていいかわかりません。でも、あっ、そうだ、思い出したことがあって、ひといき、話がとぎれたそのときに、ブタさんはいそいで、「あの」と言いました。

「あの、自由の話なんですけど、」

「え？」

「あの、その、不自由って言葉で、思い出したんですけど、」

ブタさんは真っ赤になりました。とうとつなのは自分でもわかっているのです。アライグマさんの話をずうっと聞いてるばかりで、なにも話が組み立てられないうちに割《わ》り込《こ》んでしまったのですから。

「あの、校長先生が、だいぶ前に、森の集会で、自由という言葉について、お話をしてくださったことがあったんですけど、おぼえておられるでしょうか。」

と、ブタさんが言いかけましたら、アライグマさんの顔が、ぱっと輝《かがや》きました。

そして、

「おぼえていますよ。おぼえてますとも。」

と、はずんだ声で言いました。


だいぶ前に、森の集会で、アライグマさんが、〝自由〟についての話をしたことがありました。演説《えんぜつ》のような、お説教のようなお話だったように思います。でも、集会というのは、連絡事項《れんらくじこう》の伝達がおもな目的で、だれかがそういう、演説《えんぜつ》のような話をするようなことはあまりないのです。案《あん》の定《じょう》、みんなおしゃべりばかりして、ざわざわしていて、アライグマさんのお話は、よほど近くにいるひとでないと聞きとれませんでした。ブタさんはそれを思い出して、今、話題を変えたくて訊《き》いてみたのでした。

でも、どちらかというと、そのとき、だれも話を聞いてなくて、アライグマさんを気の毒《どく》に思ったことのほうが印象に残っていて、別に、ブタさん自身が、それほど〝自由〟というテーマや、アライグマさんのお話に興味《きょうみ》を持っていたわけでもないのでした、じつは。

でも、アライグマさんは、うれしそうにどんどん続けました。

「そう、ブタさん、おぼえていてくれたの。うれしいなあ。そう、自由というのはね、なんだか誤解《ごかい》されてるようだけど、〝勝手気まま〟や〝好き放題〟という意味じゃないいんだよ。

〝自《みずか》らに由《よ》る〟、という意味なんだよ。

自分のなかにあるルールや価値観《かちかん》、つまり、信念だね、それに沿《そ》って行動する、それについてきた結果も、自分で責任《せきにん》をとる、ということなんだよ。」

ふうん、そういうことを言っていたのかあ、とブタさんは思いました。

でも、とうぜんのことのようにも思えますけど。

「こどもたちが、だんだん成長して、おとなになっていきながら、それぞれのなかに信念をつくっていくんだよね。親や、周りのおとなたちは、言葉だけでなく、日ごろの生活のなかで、いろんなこと、ありとあらゆることを教えておくことがたいせつ。誤解《ごかい》をうけそうなことでも、難《むずか》しいことでも、とにかくこどもたちは吸収《きゅうしゅう》して、あとから選び取って、自分のなかにとりこんでいく。由《よ》るに足《た》る、価値観《かちかん》を、ルールを、信念を、こどもたちそれぞれのなかにつくらせるのが、学校の、周りのおとなの役目だよ。

ときには悪者になっても、嫌《きら》われても、立場や状況《じょうきょう》によっていろんな考え方やものの見方があるってことを教えておく。耳触《みみざわ》りのいいことや、一見正しそうなことばかりでなくてね。それはおとなの義務《ぎむ》だよ。そのためには、おとなは、こどもの、友達であっちゃいけない場合もある。でも、こどもは、あとで、絶対《ぜったい》にわかってくれる。」

アライグマさんは、森の学校の校長先生だったのです。やっぱり、言うことも、そんな感じです。でも……。

「自分の信念に沿って行動して、ついてきた結果も、自分で責任《せきにん》をとる。〝勝手気まま〟や〝好き放題〟はたぶん、結果の責任《せきにん》をとるなんてことは考えないでしょう。だれかに迷惑《めいわく》をかけているのに気づいていながら、そのままにしたり、親や、周りのおとなに責任《せきにん》をとってもらったりするのは、それは〝自由〟じゃないよ。

社会的に定められた罰《ばつ》をうけたりすればいい、というものでもない。それじゃ

〝自由〟ではなく、〝他由《たゆう》〟だよね。他《ほか》に由《よ》る……他《ほか》の価値観《かちかん》に自分をゆだねる、ということだからね。

古代ギリシャの哲人《てつじん》にも、〝自制《じせい》ができぬうちは、自由ではない〟と言っているひとがいるんだよ。紀元前6世紀だ。」

まあアライグマさんの話の長いこと。ブタさんは、自由という言葉について訊《たず》ねたことを、ちょっと後悔《こうかい》しかけました。でも、さっき、遠い目をして、さびしげなようすだったアライグマさんを思い出したら、これでよかったんだ、と思いました。

「そんな昔から〝自由〟という言葉があったんだねえ。だれが考えだした言葉なんだろうか。

自由。自由。自由か。自由は、ほんとうは、厳《きび》しくて、むずかしいものだよ。厳《きび》しくて、むずかしくて、孤独《こどく》なものだよ。」

と言ったところで、アライグマさんは、手に持ったスプーンに気がつきました。ずっと、それを振《ふ》りながら、しゃべり続けていたのです。

なぜスプーンが？　ああ、もう片方《かたほう》の手に、杏仁豆腐《あんにんどうふ》の器を持っています。

「あっと。こりゃ失礼。すっかり忘《わす》れてた。」

と言って、アライグマさんはやっと食べはじめました。なんだかきびきびして、さっきまでより、元気になったように思えます。ブタさんはうれしくなりました。

アライグマさんは、すっかり食べて、

「おいしかったよ。ごちそうさま。」

と言って、にっこり笑いました。ブタさんも「いいえ」と言って、にっこり笑いました。

アップルパイを焼きました

何日か、何十日か過《す》ぎました。森はすこしずつ秋の色を深めていきました。そんなある日、森の集会がありました。

集会はいつも、森の、ちょうどまんなかあたりにある、ぽっかり空《あ》いた広場でおこなわれます。

始まる時間が近づいて、森に住むいろいろな動物たちが集まってきました。

その広場には、りんごの木が三本あります。毎年たくさん実をつけてくれる、よい木です。みんな、その木をめあてに集まってきます。一本ではなく、三本あるのが、また都合がいいのです。やっぱり、森のなかでも、気の合うひとととそう

でないひとがいるものですから、あまりふだんから話さないようなひとが先に来ていた場合、さりげなく、そのひとのいるところからはなれて、別の木を見上げたりしながら、ほかのひとたちを待っていたりできるのです。

「今年もたくさん実がついたね。」
「そろそろだね。」
「たのしみだね。」

リスさんやウサギさんやクマさんたちが、そんな話をしています。毎年、りんごの実を分け合うのを、みんな楽しみにしているのです。

「ブタさんまたアップルパイを焼いてくれないかなあ。」

若《わか》い、はつらつとした感じの、青年リスさんが言いました。

「おいしいんだよねえー、ブタさんのアップルパイ。」

そのリスさんの友達らしい、野ネズミさんがこたえます。

「へえー、そんなにおいしいの？　ブタさんのアップルパイ。」

タヌキさんが訊《き》きました。

「うん、おいしいよ。あのね、去年の、森の学校の卒業パーティーのとき、差し入れしてくれたんだ。そのとき食べたんだ。ね。」

また野ネズミさんがこたえました。

リスさんも、野ネズミさんも、去年の卒業生のようです。

ここで話しているリスさんは、ブタさんと仲良しの子リスたちのおかあさんが、去年産んだこどもたちのうちのひとりです。去年、森の学校を卒業して、ひとりで冬眠《とうみん》して、今年、お嫁《よめ》さんを見つけて、新婚《しんこん》さんで初めての冬を越《こ》そうとしているのです。

「ね。おいしかった。また食べたいなあ。
ねえー、ブタさんいますか？　えーと、椎《しい》の木のそばに住んでるブタさん。」

森には、ほかにもブタさんがいますから、こういう場合、どこどこの、と区別して呼《よ》ばなければわかりません。せっかくそうして呼《よ》んだのに、返事がありません。だれかが答えました。「今日まだ来てないよ。」

そうなのです。もう始まる時間なのに、ブタさんはまだ来てないのです。じつはブタさんは寝坊《ねぼう》してしまって、ちょうどそのときは、いっしょうけんめいに走って、広場に向かっているところでした。ほかの動物たちはもうほとんど集まっています。

リスさんたちの話を聞いた動物たちが、さまざまなことを言い始めました。

「へー、ブタさんのつくるアップルパイっておいしいんだ。」

「食べてみたいね。」

「うん。食べてみたいね。」

「でもさ、ブタさんていえばさあ。」

「うん。」

「ねえ。」

「うん。あのにおいね。」

「ブタさんが、赤くなるとにおうよね。」

「赤くなって、あせって、どぎまぎしてるようなときね。」

「汗《あせ》かな、なんだろうね。不潔《ふけつ》にしてるわけでもないのにね。」

そのとき、上のほうから声がしました。

「そうなんだよ、あたしゃこないだ初めてそのにおいに遭遇《そうぐう》したよ。」

かんだかい、早口の声です。カケスさんです。

「しゃべってたら、ブタさん急に赤くなって、においだしたんだよ。なにかと思ったけどねえ、うまく話をきりあげて、そうそうに退散《たいさん》したよ。」

「なんだ、ブタさんのにおいの話か。」

とつぜん大きな声がしました。オオカミさんです。みんなびっくりして跳《と》び上がりました。ウサギさんたちをはじめ、そのほか耳のよい動物たちは、あわてて、耳をふせるように寝《ね》かせました。

「おれは鼻がきくから」

りんごの木の枝《えだ》がふるえました。

「あのにおいはたまらん。」

広場じゅうにひびきわたる大きな声です。くすくす笑う声がそこここで聞こえました。

急に、ウサギさんのうちのひとりが立ち上がりかけました。そのとき、集会のまとめ役のクマさんの、

「それでは集会をはじめまあす。」

という声がして、みんな静かになりました。

立ちかけたウサギさんも、また座《すわ》りました。

じつはそのとき、ブタさんは、広場のとぎれめの、茂《しげ》みのなかにいたのです。近道をして、そこまで来たところで、かんだかいカケスさんの声、そして、オオカミさんの大きな声が聞こえてしまったのです。

（そうそうに退散《たいさん》したよ）

（あのにおいはたまらん）

ブタさんは真っ赤になりました。まったく今までそんなことは知らなかったのです。

それから、自分が赤くなっていることに気づき、いけないと思いました。赤くなるとにおうらしいのです。においでここにいると気づかれてしまいます。いそいで、しかしそうっと、もと来た道を戻《もど》りました。

それからしばらくブタさんの姿《すがた》を見たひとはいませんでした。

何日か続けて雨が降《ふ》って、そのあと、ぐっと冷えるようになりました。

森はすこしずつあわただしい空気につつまれはじめました。冬眠《とうみん》の準備《じゅんび》をする動物たちがいるのです。このあいだの集会でも、そのことについての注意事項《ちゅういじこう》や、取り決めがあったりしたのです。


「ただいまあ。」

「ただいまあ。」

「おなかすいたあ。」

「おなかすいたあ。」

「おなかすいたよう。」


リスのこどもたちが学校から帰ってきました。

おかあさんが出迎《でむか》えます。

「おかえりなさい。」

「おかあさんおなかすいたよう。」

「そんなに大きくなった子がなにを言ってるの。学校で、実をとっていい木とか、そうでない木とか、食べもののある場所について習ったでしょう。もう自分でな

んとかしなさい。」

そうなのです。森のなかではいろいろな取り決めがじつはあって、学校ではそういったことを習ってくるのです。もうじき卒業です。卒業を目の前にした今は、家のつくりかたを習いながら、じっさいにつくっているところです。そうしてつくった家で、子リスたちは、初めての冬眠《とうみん》をするのです。

「おかあさん、ブタさん今日もいなかったよ。」

「あら。そうなの?」

「うん。だってとんとんってしても出てこないもん。」

「いつもだったらさあ、ノックなんて

しなくてもさあ、草取りとかしながら外にいて、おかえりって言ってくれるのにさあ。」

「そんで、なんか食べさせてくれるのにね。」

「そうね。ブタさんにはほんとにお世話になったわね。学校を卒業したら、冬眠《とうみん》の準備《じゅんび》で忙《いそが》しくなっちゃうから、会ったらきちんとそう言って、今までのお礼も言いなさいよ。」

「はあい。」

「はあい。」

かわいいこどもたちです。こんなこどもたちが、それぞれひとりで冬眠《とうみん》して、春になって目が覚めて出てきたら、一人前のりっぱなリスになっているのです。こどもを育てたのは二回目のリスさんですが、今年もやっぱりふしぎな気持ちです。自分もそうやっておとなになったはずなんですけど。

「ブタさんどうしたのかなあ。」

「どっか行ってるのかなあ。」

「今日ねおかあさん、りんごおいてきたんだよ。」

「学校でね、今日からりんごがもらえますよってきいたから、もらいに行ってね、ふたりでいっこずつはこんでね、ブタさんちのまえにおいてきたんだよ。」

「ブタさんりんごすきだもんねえ。」

「ほかにもおいてあったね。」

「ブタさんが自分でおいたのかな。それともだれかほかにももってきたひとがいるのかな。」

「ブタさんにんきものだもんね。」

「いっぱいあったもんね。」

「わーおなかすいたよう。くるみの木に行こう。」

「行こう行こう。」

「気をつけて行くんですよ」というおかあさんの声も、聞こえているやらいないやら、子リスたちは一列になって、風のように飛び出していきました。

ぽつんとひとり残されて、家のなかもしいんと静かになりました。リスのおかあさんは、ブタさんのことが心配になってきました。こどもたちが「いないよ」と言うようになってから、一週間は過《す》ぎています。

そういえば、集会のとき、ブタさんのことが話題にのぼったんじゃなかったかしら。

なんだっけ。たしか、アップルパイが、どうとか……？

「ちょっと様子を見にいってみよう。」

とリスさんは思いました。

とんとんとん。ノックの音がしました。

ブタさんは、ベッドのなかでうずくまったまま、それを聞いていました。今度はだれでしょう。だいじな用でしょうか。ドアを開けずにやりすごすのも、もう何度めでしょうか。

とんとんとん。もういちどおなじようにノックの音がしました。しばらくしずかになり、かさこそと音がしてから、足音がとおざかって、またしずかになりました。

はあ。ブタさんは、つめていた息をはきました。居留守《いるす》っていやなものです。せっかくたずねてくれたのに、いないふりをするなんて。

でも、ひとの顔を見るのがこわいのです。体がすくんでしまって、どうしてもドアを開けに行けないのです。

ブタさんは、また大きなため息をつきました。いつまでもこうしてはいられないことはわかっています。でも……。

みんながおなじ思いをしてだまっていたなんて。いえ、それよりも、自分が、それと知らずに、ひとにいやな思いをさせて平気でいたなんて。

あのとき、キツネさんがずっとだまっていたのだって、そうかもしれません。アライグマさんのお見舞《みま》いのときも、そうとう赤くなっていたような気がします。リスさんやリスさんのこどもたちだって、ほんとうは、どう思ってるか……。

恥《は》ずかしくてもうだれとも顔を合わせたくありません。でも、森のなかで、みんなといっしょに生活している以上、そんなわけにいかないし……。ブタさんは、ここ何日も何日も、そのことばかりでぐるぐるぐるぐるしてしまっていて、出口が見つからずにいるのでした。

はあーあ。ブタさんはまたしても大きなため息をつきました。そうして、ため息ばかりついていることに気づいて、

（お茶でも飲もう）と思って、ベッドから出て、台所に行きました。

やかんを火にかけて、カップを手に取ったちょうどそのとき、

とんとん!!

と、ひときわ大きなノックの音がしました。ブタさんはびっくりして、手に持っていたカップを落としてしまいました。

かしゃーん！

大きな音がしました。

どうしましょう。今の音はドアの外にいるひとに聞こえたでしょうか。ブタさんは立ちすくんでしまいました。

とんとんとんとんとん。またノックの音がしました。もう居留守《いるす》は無理です。ブタさんはしかたなく、そうっと戸を開けました。そこには。

「まあ。ウサギさん。」

たしかにそこにいるのはウサギさんです。さいきん近所に越《こ》してきたウサギさんです。

ウサギさんは立ったまま、だまってうつむいています。

「ウサギさん。どうぞ入って、すわってください。いま、お茶をいれますから。」

と言いかけて、ブタさんは、お茶菓子《ちゃがし》がないことに気づきました。なにもお菓《か》子《し》をつくっていないのです。

さっき火にかけたやかんが、湯気《ゆげ》をふきはじめています。ブタさんは、いそいで火を弱めました。

へやのまんなかまで来たものの、まだ立ったままでいるウサギさんに、ブタさんがもういちど椅子をすすめようとしたときです。とつぜんウサギさんが、つぶやくように、

「このあいだはごちそうさまでした。」

と言いました。


「え？」

とブタさんが訊《き》き返《かえ》すと、

「栗のパウンドケーキ。

おいしかったです。」


ブタさんは思いがけなくて、びっくりしてしまって、

「いいえ、いいえ。」

と言いながら、どぎまぎしそうになって、思わずうつむいてしまいました。だって、どぎまぎすると、いやなにおいをさせてしまって、ウサギさんに不快《ふかい》な思いをさせてしまいます。

「ありがとう。でも、ごめんなさいね、今日はなにもつくってないの。」

「知っています。」

「え？」

「鼻歌が聞こえませんでしたから。」

ブタさんはびっくりしました。

「鼻歌？　鼻歌が聞こえるんですか？」

「はい。風向きで。」


あらー。ちょっと恥《は》ずかしいです。赤くなってしまいそうで、ブタさんはもじもじしました。そのとき、

「げんきをだしてください。」

うつむいたまま、ウサギさんは言いました。そして、くるりときびすを返すと、扉《とびら》に向かいました。ブタさんがあわてて見送りについていくと、戸口のところで立ち止まって、またうつむいてじっとしています。

すう。ウサギさんはなにか言いたそうに息を吸《す》いました。が。はあ。その息を吐《は》いてしまいました。すう。また息を吸《す》いました。ブタさんはウサギさんの口元を見つめました。

もごもご。ウサギさんの口が動きました。

「どど」

ウサギさんが言いました。

「え?」

ブタさんが訊《き》き返《かえ》しました。どど、とはなんでしょう?

「どど、どぎまぎ、しそうになったら」
ウサギさんはもういちど息を吸《す》って、いっきに、
「しんこきゅするといいです！」
そう言ったかと思ったらもう、ものすごいスピードで走っていってしまいました。

「ウサギさん！」

ブタさんは追いかけようとしましたが、ウサギさんの速いのなんのって、そんなのとうてい無理です。立っている地面がどどどっと揺《ゆ》れるくらい蹴《け》りつけて走っていったあと、あっというまに向こうの草むらにとびこんで、草を一直線に揺《ゆ》らしながら遠くへ行ってしまいました。

一直線の激《はげ》しい揺《ゆ》れは、でも、すぐにおさまって、草たちは、もとのとおりに、

風の吹《ふ》くままに、波のように揺《ゆ》れています。ブタさんはぼんやりと、その波を見ていました。

ウサギさんはいったいなにをしにきたのでしょう。

「このあいだはごちそうさまでした」

「元気を出してください」

「どぎまぎしそうになったら、深呼吸《しんこきゅう》するといいです」

ウサギさんは、それだけを言いに来たのです。あの引《ひ》っ込《こ》みじあんのウサギさんが。

じつは、ウサギさんは、あのとき、広場のわきまで来ていたブタさんに気づいていたのです。音を聞き分けて、気がついて、でも、カケスさんやオオカミさんの言葉をさえぎることができずに、もうしわけなく思っていたのでした。

森のひとたちに溶《と》け込《こ》めずにいる自分を、不器用に気づかってくれたブタさん。そんなブタさんを、かばうことができなかった。

ブタさんはもちろんそんないきさつは知りませんが、引《ひ》っ込《こ》みじあんのウサギさんが、ブタさんを訪問《ほうもん》するのには、一大決心がいっただろうということくらいは、想像《そうぞう》がつきます。ブタさんはしばらくぼんやりと立ちつくしていました。

もう家のなかに閉《と》じこもってばかりいるのはやめて、動きださなければいけないような気がします。ウサギさんの思いに、なにかで応《こた》えてあげたい気がします。でも、どうしたらいいでしょう。

途方《とほう》にくれたまま、ブタさんは、きびすを返しました。そして、今しがた出てきた家の戸口に顔を向けて、

「あっ！」
と、おどろきました。

りんごです。りんごが、たくさん、たくさんたくさん、戸口のわきや、手洗《てあら》い場や、手押《てお》し車や、草取りをするときの腰《こし》かけの上に、つみあげてあるのです。

「どうして？　こんなに。りんごが。どうして？」
ブタさんはおろおろしてしまいました。わけがわかりません。

りんごは陽の光をうけて輝《かがや》いています。まさに食べごろのくだものがはなつ、ぴかぴかのオーラです。でも、たいへん。ブタさんはあわてました。木《こ》もれ日《び》ではありますが、こんなに陽のあたるところに、いつから置いてあったのでしょう。いたんでしまいます。

ブタさんは、いそいでりんごをしまおうとして、腰《こし》をかがめました。

が、どうしたのでしょう、そのまま、かたまってしまいました。

どうしたのでしょう。

ぎっくり腰《ごし》？　いいえ、ちがうようです。すぐにまた動きだしました。でも、りんごはそのままにして、家のなかへ入っていきました。そして、また出てきたときには、まないたと包丁と、大きなお鍋《なべ》をかかえていました。

りんごをむいて、小さく切っては、お鍋《なべ》のなかに入れていきます。どんどん入れて、火にかけました。そうしてまたさらに、切っては入れていきました。

お鍋《なべ》のなかのりんごがぐつぐつ煮《に》えて、だんだん金色になっていきます。砂糖《さとう》を入れて、レモンをしぼって、味をみて。それから戸棚《とだな》をあけました。小麦粉がありきます。地下室に行ってバターも取ってこなくちゃ。そうです。アップルパイをつくるのです。

たくさんつくって、みんなにくばるのです。みんな、りんごを持ってたずねてきてくれたのです。心配もかけてしまったかもしれません。なんと言ってくばりましょうか。

水とまぜた小麦粉を、麺棒《めんぼう》でのばして、小さく切ったバターをのせて、折りこんで、また麺棒《めんぼう》でのばします。何回もそうします。そうしながら、ブタさんはずっと考えていました。みんなになんと言って渡《わた》せばいいかしらん。

で、思いつきました。

「アップルパイを焼きました、でいいじゃん。」

著者プロフィール

作・絵　はまうち ようこ

1969年1月8日生まれ。愛知県出身。
星座は山羊座だが、あまり堅実ではない。
血液型はA型だが、あまり几帳面ではない。
2004年、神さまより「ブタさんのアップルパイ」を授かる。
2012年、文芸社より『ブタさんのアップルパイ』刊行。

ブタさんのアップルパイ

2012年2月15日　初版第1刷発行

作・絵　はまうち ようこ
発行者　瓜谷 綱延
発行所　株式会社文芸社
〒160-0022 東京都新宿区新宿1－10－1
電話 03-5369-3060（編集）
03-5369-2299（販売）

印刷所　株式会社フクイン

ISBN978-4-286-11432-3